Lion Cordan

Ein-Spruch!

*Denkanstößiges für alle,
die sich und den Aphorismus
oder den Nonsens lieben.*

Wer von der Hektik des Alltags eine Oase des Rückzugs sucht, wird in diesem Brevier Besinnung finden. Mit Nachdenklich-Besinnlichem, Humorvollem oder Bedenklichem lädt dieses Kompendium zu genießerischem Reflektieren ein und animiert zum Weiterdenken. Erbauliche, schlüpfrige, unerhörte und betörende Ein-Sprüche, gepaart mit verstörenden Mini-Stories von würzigem Charme verleiten zum Innehalten und zu innerer Einkehr. Bei durchgängigem Lesen ergeben sich immer wieder unverhofft korrespondierende Bezüglichkeiten im Kontext, gleichwohl das zwanglose Stöbern eine Alternative bleibt. Zwölf Kapitel bieten das thematische Umfeld, welches moderne Bildmotive kontemplativ 'umspielen'. Als geistigem Absacker oder Betthupferl erleichtern so letzte Gedanken das 'Entschlummern'. Fremdworte sind in den Seitenlegenden erklärt.

Dann also auf ins 'sagen-umwobene' Vergnügen, bei dem auch manch ein verschwiegenes Tabu im Verborgenen ruht!

Bildtitel: **Irritas**

Wer seine Seele finden will, sucht nach der Wahrheit.

◆

Wer in sich hineinhorcht und keine Resonanz erhält, sollte skeptisch werden.

◆

Die Lüge gibt dem Leben einen alternativen Sinn.

Was dem Herzen entspringt, kann der Kopf nicht Kleinreden.

◆

Auf der Suche nach dem Ich habe ich Dich gefunden.

◆

Am Anfang war die Ewigkeit.

◆

In der Ewigkeit werden wir uns wieder finden.

◆

Auf dem Weg ins Nirwana nahm Nana das Manna.

◆

Dem blassen Kalauer wurde es zu bunt.

Nirwana: *Seelenruhe als Endzustand im Buddhismus*, Manna: *vom Himmel gefallenes Brot im Alten Testament*

Kunterbunter

(Untertitel: Der Unterseebootkommandant).

Unterseebootkommandant Gunther Bunter, allzeit unterwegs in der Unterwasserwelt, wurde als einem aus der Unterschicht eine große 'Unterlippe' unterstellt. Einst als untersetzter Underdog im Untergrund untergetaucht, hatte Untermensch Bunter den 'Unteroffizier' gebaut. Obwohl als unterentwickelter Unterklässler noch unterernährt, trank er Untergäriges unterdessen munter runter.

Durch sein Faible für kunterbunte Unterröcke und sexy Underwear drohte ihm der Untergang. (Zumal der rustikale Unterleib und die strammen Unterschenkel seine femininen Unternehmungen unterschwellig unterbanden.)

Seine Untergebenen unterjochte er bei der Unterrichtung mit Unterwürfigkeit. Und auch die Unterschlagung der Unterhaltszahlungen galt ihm als Unterpfand seiner Männlichkeit. Zu den zu unterzeichnenden Unterlagen unterdrückte der in einer Unterkunft im Unterholz hausende Untermieter seine Unterschrift. Im Unterschied zu lauteren Untertanen unterwanderte Gunther Bunter die Unterstützung quasi 'unterirdisch'. – Ein geradezu 'unterseeisches' Unterfangen aber unter ihm!

◆

Money up to date

In seinen Nöten schluckte der greise Zuhälter die Kröten: Kreditkarten wären jetzt *up to date* – Piepen, Pimperlinge, Möpse und Moneten, Pinke-Pinke, Moos und Marie, Kies, Koks und Kohlen, Mäuse, Mücken und Flöhe, Penunzen und Zaster *obsolet*!

◆

Neid ist der Wundbrand der Seele.

Faible: *Vorliebe, Neigung*, Underwear: *Unterwäsche*, obsolet: *veraltet*

Philanthropen mangelt es an Menschen-
kenntnis.

◆

Unwissenheit ist der Nährstoff des Glaubens.

◆

Wer die Erde noch für eine Scheibe hält,
fürchtet die Realität.

◆

Manch eine Wahrheit ist nur als Lüge
erträglich.

◆

Wer seine Hoffnungen begräbt, schaufelt
sein Grab.

Philanthrop: *Menschenfreund*

Ein Wermutstropfen brachte das Fass zum Überlaufen.

◆

Wer von sich berauscht ist, sollte es mal mit klarem Wasser versuchen.

◆

Der Sprücheklopfer übernahm sich mit Worten.

◆

Der Zug, der mir den Atem nahm, war mein letzter.

◆

Erinnerung ist geronnene Zeit.

Bildtitel: **Small Talk I**

Nicht jeder Narr ist ein Tor.

◆

Sei das Tor zur Welt und nicht der Welt
ein Tor.

Niveau färbt ab, Seichtes auch.

◆

Die Sünde ist auch nicht mehr, was sie mal war.

◆

Es war einmal ein russischer Kolchosebauer, ein amerikanischer Großwildjäger und ein deutscher Oberstudienrat. Aber das ergab keinen Witz.

◆

Simpel mögen es simpel, Doofe mehr doof.

◆

Die Burka den Männern!

◆

Am Humor geht das Böse zugrunde.

Kolchose: *landwirtschaftliche Produktionsgenossenschaft*

Die Welt versteht, der sich bewegt.

◆

Das richtige Wort kam zur falschen Zeit.

◆

Beim Alkoholiker fand der Melancholiker
Trost.

◆

Ein Körnchen Lüge ist das Salz der
Unredlichkeit.

◆

Er habe den Schalk im Nacken, klagte der
Clown.

◆

Der Humor verdarb ihm jeden Spaß.

Klara & Klas

Klarissin Klara, ein Klatschweib mit klappriger Klavikula und Klapperschlangen-Phobie, klammerte sich einen Klabautermann namens Klas. Gleichwohl dieser einen an der Klatsche hatte und klammheimlich in der Klapsmühle saß, spielte er Klarinette und Klampfe und trank stets einen Klaren.

Im klatschnassen Klagenfurt gaben die beiden ein Klassikkonzert mit Klara am Klavier. Und obwohl ein Klan von Claqueuren die Klamotte mit Klacken befeuerte, klassierten die Kritiker den Klang als Klamauk. Nichts als Kladderadatsch klamüserten die Klagenden aus.

Für die Klassikinterpreten war's nur ein Klacks, denn im Klappbett klappte es besser. Und so überraschte Klas seine Klara mit einem Klafter Klatschmohn, als der Klapperstorch kam.

Klavikula: *Schlüsselbein*, Klabautermann: *Schiffskobold*, Claqueur: *bestellter Beifallklatscher*, Klafter: *altes Raummaß*

Mein Gott! – Das geht doch ..., das ist ja ..., das wird doch nicht ... Das ist ja nicht zu glauben! Ich sag nur – ohne mich!

◆

An der Lüge scheiden sich die Geister.

◆

Er erzählte was vom Pferd und nannte Ross und Reiter.

◆

Die Antwort ließ auf sich warten. Man hatte ihn nicht gefragt.

◆

Tragisch: Während der Einheizer kalte Füße bekam, gingen dem Sprücheklopfer die Sprüche aus.

Dem Liebenden ist jeder Hass zuwider.

◆

Warum lieben, wenn das Hassen die
Befriedigung gibt?

◆

Beim Anblick seines Klons gefror dem
Clown das Lachen.

◆

Mit Humor ist nicht zu spaßen!

◆

Abstrus ist, wenn der Mundschenk Mundraub begeht.

Mundschenk: *früherer Hofbeamter für Getränke*, Mundraub: *Lebens-
mittelentwendung aus Not*

Untermenschen lieben die Obrigkeit.

◆

Ein Misanthrop, der jemand anderen liebt,
ist ein Philanthrop.

◆

Geile Paarung: Das Vorbild des Traum-
tänzers war der Schaumschläger.

◆

Lippenbekenntnisse geben dem Reinfall
eine Chance.

◆

Ein Waidmannsheil der Mauschelei!

◆

Überrasch dich mit deinem Besuch!

Misanthrop: *Menschenfeind*, Philanthrop: *Menschenfreund*

Er traute niemandem, am wenigsten sich selbst.

◆

Der Kandidat folgte seinem Gewissen und stimmte für sich.

◆

Man trug sich mit dem Schluss, zum Schluss zu kommen, was eindeutig ein Trugschluss war.

◆

Den Schuh wollte sich keiner anziehen – allen war er eine Nummer zu groß.

◆

Einmalig: Er machte sich für sich verantwortlich.

Bildtitel: **Topcity**

Seit an Seit stehen wir am Abgrund.

◆

Der Abgrund fokussiert den Blick auf das Wesentliche.

◆

Um eine Perspektive zu haben, bedarf es eines Standpunkts.

◆

Wer sein Innerstes erfahren will, geht außer sich.

◆

Du und ich. Wann und wo? – Aber wieso?

◆

Das Leben ist eine Sackgasse.

◆

Hass ist die Rache der Straße.

Der Straßenmob tritt das Recht mit Füßen.

◆

Ideologien sind Inseln ohne Brücken.

◆

In einem *fort schritt* man voran, doch dem *Fortschritt* konnte man nicht folgen.

◆

Der Traumtänzer verlangte nach Netz und doppeltem Boden.

◆

Des Seiltänzers Seilschaften ließen ihn fallen.

◆

Dem Hochnäsigen fehlt die Sicht aus der Froschperspektive.

Einem Zwerg sieht man seine Größe
nicht an.

◆

Der Zahn der Zeit nagte an seinen Dritten.

◆

Einsam lag er in seinem Grab, denn keiner
war gekommen.

◆

Armut zieht keinen an.

◆

Alle Gier der Erde gebiert die Begierde.

◆

Der Kapitalismus degradiert die Seele zur
Dienstmagd des Systems.

Am Morgen überkam dem Ghostwriter das Grauen.

Der Sprücheklopfer verging sich am in Stein gemeißelten Wort.

Ein Furzknoten rasierte die Barriere und machte rasant Karriere.

Trittbrettfahrer kommen allein nicht von der Stelle.

Berauscht vom High der Society entschwebte er zum Olymp.

Highsociety: *die vornehme Gesellschaft*, Olymp: *Wohnsitz der Götter*

Wenn ich einmal groß bin, will ich Versager werden.

◆

Wem die Weitsicht fehlt, dem bietet der Gipfel nur Weitsicht.

◆

'Koste es, was es wolle!' verteidigte der Schotte sein Spar-Ideal.

◆

Im Vakuum ist alles Weltgeschrei null und nichtig.

◆

Paradox, wenn das Volk auf der Demo nicht vertreten ist.

Bildtitel: **Spirito**

◆

Das Leben ist eine Achterbahnfahrt, steckte
der Neunmalkluge dem Siebengescheiten.

Die Wahrheit ist des Geistes Licht, die Lüge seine Notdurft.

◆

Milliarden von Menschen können nicht irren: Jeder ist ein Individualist!

◆

So könnte es gewesen sein:

Dass er es hätte sein müssen, wenn er es getan haben würde, sollte, dass er so geworden wäre, wenn er es gewollt hätte, nicht ausschließen.

◆

Seichtes dünnt den Geist, Niveau verdichtet.

◆

Warum wenn?

Das Denken ergab ihm keinen Sinn, so überließ er es den anderen.

◆

Kennt Gott ein Lächeln?

◆

Außer an Erkenntnis, mangelte es an nichts.

◆

Zugunsten des Scheins ließ er sein wahres Sein sein.

◆

Sehnsucht ist die erbaulichste Sucht.

◆

Einsam treibt ein blauer Planet durchs All, der als Scheibe um die Scheinheiligen kreist.

Was immer du denkst, bedenke, es ist von dir.

Mit vielen fleißigen Kreuzchen schlug sich der Pharisäer zum Gutmenschen.

Dem robusten Vielleser stieß die seichte Kost überraschend auf.

Ein erbaulicher Text brachte ihn wieder auf die Beine.

Beim Niveau scheiden sich die Geister.

Gib Gas solang du noch E-sprit hast!

Kohlhaas & Colonius

Mit seinem Kollegen Kohlhaas kollaborierte Colonel Colonius schon auf dem Kolleg. In den Kolloquien unter den Kolonnaden kolludierten sie bei Cola über die Kolonialzeit, Kolumbus und Kolchosen. Kohlhaas, der bei Kohldampf Kohlrabi verschlang, besaß einen Kolkraben, den er Kohlmeise nannte, Colonius einen kohlrabenschwarzen Collie, namens Kolibri.

Einen Kollateralschaden verursachte Colonius mit seinem Colt in cholerischem Koller, wird kolportiert, als er in Colorado wegen eines kolorierten Kolliers mit einem Kolonie-Kollektiv kollidierte. Später ereilte ihn durch ein kolossales Koloskop – einem wahren Kolbenfresser – eine Kolik, an der er fast kollabierte. Die benötige Kohle brachte er mit einer Kollektion aus Collagekunst und Koloraturgesang in einer Kollekte auf.

Über eine Kolumnen-Kolonne (einer Kollation über Kohlendioxid, Kohlenhydrate und

Cholesterin) entzweiten Kohlhaas und Colonius sich. Doch nachdem beide einem Cholera-Kollaps in Kolumbien erlagen, wurden sie im Kolumbarium wieder 'kollektiviert'.

◆

Wissen schützt vorm Glauben nicht.

◆

Der Glaubensdrang ist die Crux des Menschen.

◆

*Aber*tausende *glauben* daran. *Aber glaube* ja, der *Aberglaube* ist ein *Aber*witz von *Glauben*!

◆

Weder Wasser noch Seife kamen der Seelenreinigung bei.

Kollaborieren: *mit dem Feind zusammenarbeiten*, Kolloquium: *wissenschaftliches Gespräch*, Kolonnade: *Säulengang*, kolludieren: *im geheimen Einverständnis stehen*, Koloskop: *Gerät zur Untersuchung des Grimmdarms*, Kollation: *Textvergleich*, Kolumbarium: *Urnenhalle*, kollektivieren: *zusammenführen*, Crux: *bildlich 'Kreuz' (Last, Kummer)*

Gib deinem Geist eine Chance.

◆

Entdecke den Kosmos in dir!

◆

Die schleichende Demenz entpuppte sich als Mangel an Kompetenz.

◆

Lass dich zum Denken nicht nötigen.

◆

Im Zweifel benutze deinen Kopf.

◆

Ein Zweifel war dem Zweifler nicht genug, es musste bald ein Dreifel sein. So avancierte er zum Dreifler.

Lass mal denken!

◆

Fünf Schnaps und der Poet war ziemlich dicht, nach sechs immerhin noch Dichter.

◆

Des Dichters Verse ergaben keinen Reim.

◆

Am falschen Kompliment verschluckte sich das Ego mit Begierde.

◆

Wem der Ruhm zu Kopf steigt, wende sich an einen Geistheiler.

◆

Wer sich liebt, wird auch andere lieben.
Wer sich hasst, ...

Hier speckt's!

Inspektor Speck waren Haruspexe suspekt. Denn er war keiner jener Spekulanten, die aus 'Spekulatius-Brösel' Aspekte per Spekulum lasen. Sein Spektrum der Spektralanalyse für prospektive Spektakel war dagegen respektabel. Und seine Spekulationen schlossen selbst Introspektionen bei seinen Inspektionen ein!

Im Ungesagten schlummert oft die Substanz.

Trauer läutert den Menschen – selbst den bösen.

Haruspex: *Wahrsager, der aus Eingeweiden wahrsagt*, Spekulum: *med. Spiegel-Instrument*, prospektiv: *der Möglichkeit nach; vorausschauend*, Introspektion: *Innenschau zur psychologischen Selbsterkenntnis*

◆

Katachrestisch: (Kata..., was?)

Das haut dem Kronleuchter die Zahnspange
aus der Zapfsäule (... oder dem *Bildbruch*-
drechselmeister den Schwarzwälderkirsch-
tortenrest in seine Querulantenschweiß-
socke)! –
Das war so katastrophal wie katachrestisch.

◆

Katachrese: *Bildbruch*

Bildtitel: **Trigonale Vision**

Werde Mensch!

◆

Im Stumpfsinn liegt der Sinn begraben.

◆

Wer sein Kind liebt, füttert es mit Wissen.

◆

Ohne Glaube kein Himmelreich! – Ohne Himmelreich kein Glaube?

◆

Süchte sind stillbar, nur die Sehnsucht nicht.

◆

Wer in seinem Spiegel Gottes Ebenbild nicht erkennt, hat sich seinen Realitätssinn bewahrt.

◆

Gegen jeden Gottesbeweis: Am Anfang war das Weib.

Im funkelnden Auftritt der Lüge wirkt die Wahrheit klein und verlogen.

◆

Woran soll man glauben, wenn man keine Meinung hat?

◆

Sei du selbst. Abziehbilder gibt's genug.

◆

Der Tod ist die Endstation auf der Fahrt des Lebens.

◆

Wer glaubt, ein ewiges Leben mache ihn glücklich, bedenke seine Ungeduld.

◆

Die Wahrheit ist beispiellos.

Der Wahrsager war ein wahrer Scharlatan,
er kündete nichts als Fake-News an.

Auch dem Kleinsten seinen Größenwahn!

Sei stolz auf deine Existenz, denn sie ist
einmalig.

In den kosmischen Weiten schrumpft die
menschliche Größe zur Unkenntlichkeit.

Kleingeistern sind Kinkerlitzchen das
Größte.

Um das Mehr zu sehen, kamen viele.

In den unendlichen Weiten der Nähe werden wir uns begegnen.

◆

In der Rolle seines Lebens erkannte er sich nicht mehr wieder.

◆

Ein einziges Kompliment kann ein ganzes Leben verändern.

◆

Wer mit Schlagworten seinen Horizont erweitert, verengt seine Weitsicht.

◆

Paradox: Wissensdurst stillt Langeweile.

◆

Glaube! Glaube? Glaube!

Die Motivation war riesengroß, allein, es fehlte das Motiv.

◆

Im goldenen Schrein des Scheins liegt das Sein begraben.

◆

Religion ist männlich. Soweit so schlecht und billig.

◆

Armselig die Pädophilen unter der Priesterschaft, denn ihnen gebührt das Höllenreich.

◆

Islamisten verwandeln Gott in ein Monstrum.

Glaube trennt, Wissen eint.

◆

Glaubenszwang ist Gottesfrevel.

◆

Wer Gott im Herzen trägt, kann nicht zum Schlächter werden.

◆

Gott ist bei den Geschändeten und nicht bei ihren Schändern.

◆

Im Weltschmerz wird der Mensch zum Menschen.

◆

Sein Stern ging auf und seine Sonne unter.

Anders als sonst, war er bei seinem letzten
Abgang verschieden.

◆

Bei seinem Verscheiden zeigte er sich
unverstellt.

◆

'Dem Himmel so nah!', frohlockte der
Alpinist, bevor er im Sturz ihn erreichte.

◆

Einer nach dem anderen sind sie von uns
gegangen. Werden wir sie jemals wieder
sehen?

◆

Als er vor seinen höchsten Richter trat,
musste dieser mal Austreten.

Mein Gott, ist das Leben kurz!

◆

Der Linientreue kratzte die Kurve.

◆

Geduldig wartet Gevatter Tod auf unser Kommen.

◆

Zum Leichenschmaus im Haus von Klaus ging's ab in Saus und Braus. Amen.

◆

Ich will Lebensverlängerung! (Eine am seidenen Faden würde ja schon reichen.)

◆

Im Sein von Jahrmillionen wird die Nichtigkeit des Menschen gewiss.

Mit jedem Tod stirbt ein einzigartiges Universum der Erinnerung.

◆

Wer das Tragische liebt, wird selten enttäuscht.

◆

Bomben für den Frieden!

Bildtitel: **Venusfalle I**

◆

Versteinert ruht der Liebesgott in Marmor.

Die Liebe ist ein Gefängnis, in das man sich freiwillig begibt.

◆

Ohne dich ist das Leben nur ein halbes.

◆

Im Paradies begann die Inzucht.

◆

Ohne Makel nichts los!

◆

Supergau: Dem Freudenhaus ging die Freude aus.

◆

Die Ware Liebe ist nur ein Schein.

Zur Entschärfung der Sexbombe evakuierte man das Männerheim.

◆

Der Seitensprung ist die Tretmine der Liebe.

◆

Das Paradies war bildungsfrei.

◆

Der Jugend ist die Tugend ein Graus.

◆

Am *End'* hat die Tug*end* ihr Gutes.

◆

Schöne Seelen verwelken nie.

Ein schneidiges Wort entzweite uns.

Enttäuscht vom lustlosen Gildo nahm sie den schwungvollen Dildo.

Ist Sex schlecht? Warum heißt es dann Geschlecht?

Leidenschaft ist die Schwester der Sucht.

Wer liebt, der lebt.

Die Moral ist eine Variable mit mehreren Unbekannten.

Dildo: *Penis aus Latex*

Ihre größten Erfolge feierte die Diva im Kreißsaal.

◆

Er stand vor dem Nichts, seine Ex beanspruchte die Hälfte.

◆

Nachdem die Worte gefallen waren, ergriff alle beteiligten Buchstaben die Scham.

◆

Von seiner Frau verschieden, ließ er sich scheiden, noch ehe sie verschied.

◆

Die Trauer um ihr gemeinsames Ja-Wort währte ein langes Leben.

Kreißsaal: *Entbindungsraum im Krankenhaus*

Wahre Liebe kennt keine Lüge.

◆

So manchem bot sie ihr Ja-Wort, doch niemand wollte es haben.

◆

Ihre Witze behielt sie stets für sich.

◆

Beim Graben nach Menschlichkeit landen viele am Nordpol.

◆

Sie wollte Vollkommenheit und blieb allein.

◆

Empathie verdreht: Die Psychopathin betrog ihren Soziopathen mit einem Autisten.

Empathie: *Fähigkeit, sich in andere einzufühlen*, Soziopath: *jemand, mit gestörtem sozialen Verhalten*

Bildtitel: **Tropica**

Wer Orientierung sucht, wird den Orient finden.

◆

Im Irrtum erweist sich der Mensch.

◆

Freundschaft ist der Kitt des Lebens.

Rasen betreten erlaubt!

◆

Ein Lächeln verändert die Welt.

◆

Niemand zwingt dich zum Glück!

◆

Allen Ja-Sagern ein entschiedenes Nein!

◆

Bedenklich: Dem Kalmücken machten vor allem die Wespen zu schaffen.

◆

Dubios: Die flotte Biene bestach mit einer Wespentaille.

Kalmücke: *Angehöriger eines westmongolischen Volkes*

Snobismus perfekt: Dem Modegeck erschien die Mode zu jeck.

◆

Mehr sehen? – Mehr Seen! Mehr Seen, mehr Meer!

◆

Die brabantische Bratwurst

In Brabant ein brachyzephaler Brahmane für eine Bratwurst den Bratengrill brachte und ein Brandmal entfachte. Brachial kippte er den Branntwein und zündete eine Brasil. Seine brave Braut aus Bratislava hob ihre Braue, denn für Braque und braun gebrannte Bratäpfel brannte sie mehr. Die Brave ließ Bratwurst Bratwurst sein und brach auf zum Meer. Brausend an ferner Brandung spielte sie Brahms auf ihrer Bratsche mit Bravour.

brachyzephal: *rundköpfig*, Brahmane: *Angehöriger einer indischen Priesterkaste*, Braque: *frz. Maler*

Mann, welch eine Frau!

◆

Beim Verkehr verkehrte sie mit dem Verkehrten.

◆

Der großen Liebe gab sie ihr Versprechen und diente bis zum Erbrechen.

◆

Ist Liebe zwischen zwei Unmenschen Hass?

◆

Reden allein genügt nicht. Man muss auch etwas zu sagen haben.

◆

Zur Erweiterung des Horizonts fehlte die Perspektive.

Die Traumhochzeit fand ohne seine Traumfrau statt, denn die hatte das Hochzeiten und öde Männer satt.

◆

Eifersucht macht die eigene Minderwertigkeit erlebbar.

◆

Seilschaften sind die Nabelschnüre der Macht.

◆

Arm an Kapital, war er reich an Vermögen.

◆

Auf dem Kreuzfahrtschiff noch putzfidel am strammen Gedeck, bekotzte er hernach das blanke Deck.

Das bisschen Leben lass ich mir nicht nehmen!

◆

Irritierend: Der Barbier trank an der Bar Bier. (Ein anderer bestellte nur Kir.)

◆

Sing-Sing

Beim Singen zu einer Single übermannte ein Singultus einen singhalesischen Single. Wegen singulären Singsangs landete der Singer im Sing-Sing.

◆

Die Reise ist passé, ich sag der Welt ade.

Barbier: *Herrenfriseur*, Kir: *Getränk aus Johannesbeerlikör und Weißwein*, Singultus: *Schluckauf*, singulär: *vereinzelt vorkommend*, Sing-Sing: *Staatsgefängnis von New York*

Bildtitel: **Trigo II**

Masse ist Macht.

◆

Wenn einem Kleingeist Großes vorschwebt,
ist Vorsicht geboten.

Heerscharen an Rechthabern widerlegen, dass die Wahrheit einzigartig ist.

◆

Die Zukunft birgt ein Geheimnis, das die Gegenwart entzaubert.

◆

Auf dem Weg der Erinnerung bleibt die Wahrheit auf der Strecke.

◆

Sein Haar war früher dichter, heute ist es lichter, er dafür jetzt Dichter.

◆

Dem Allerlei ist das Viel zuviel.

◆

Willst du das Beste für die Erde, entferne dich von ihr.

◆

Freigeister sind heimatlos.

◆

Der Unwissende ertrank im Mehr der Erkenntnis.

◆

Ein bekannter Künstler einen verkannten traf und seinen Bekannten verkannte.

◆

Konflikte sind der Lackmustest der Beziehung.

Lackmustest: *Test mittels chemischem Indikator (Säuren rot, Laugen blau); bildlich.*

Komplimente sind Seifenblasen des Glücks.

◆

Das Leben ist wie eine Lotterie – gewinnen
tun immer die anderen.

◆

Habe mein altes Ich verloren. Finderlohn
wird's keinen geben.

◆

Im Geldsegen ging das Heil verloren.

◆

Der Frieden war auf Dauer zu langweilig,
viel Kurzweil bot manchem der Krieg.

◆

Im Krieg trifft man auf Menschen.

Auf ein falsches Wort!

◆

Der Krieg offenbart des Menschen Urnatur.

◆

Der Zweck heiligt die Mittel. – Im Gebet
erflehte man den Sieg.

◆

Bomben vernichten die Zivilisation, deren
Einsegnungen die Religion.

◆

Vergeblich suchte er in seinem Gewissen
nach einem Ruhekissen.

◆

Behände bewegte er sich über Stock und
Stein, allein, es fehlten ihm die Beine.

An der Front wollten die Patrioten die Ersten sein. Als Erste sammelte man ihre Gebeine ein.

◆

Der Tod ist der größte Reinfall des Lebens.

◆

Supergau: Dem Erbsenzähler gingen die Erbsen aus.

◆

Der Zeitgeist holte den Pfennigfuchser ein; als Korinthenkacker machte er weiter.

◆

Gestern fühlte er sich noch klein und schmächtig, heute ist er nur noch lästig.

Dem Niveau lag K. auf der Lauer, doch wie üblich, fand er nur den Kalauer.

◆

Wer den Buchstaben liebt, dem folgen die Worte – dem Wort die Gedanken.

◆

Ein unverdächtiger Initial stellte sich vor ein geselliges Wort und sorgte für einen Eklat. – A-sozial!

◆

Sprache eint, Sprache teilt.

◆

Als wir uns näher kamen, trennten sich unsere Wege.

◆

Durch Gier wird die Seele zum Raubtier.

Hinter Gittern gewinnt die Freiheit an Wert.

Wer die Flugangst spürt, ist abgehoben.

Die Haarnadelkurve nahm Helmut mit Helm und Mut, doch ohne Fortune.

Der Schwarzmaler hauste in einem düsteren Atelier, denn Schwarzmalerei war sein Metier.

Den Saubermann macht die Seifenoper an.

Fortune: *Glück, Erfolg (frz.)*

Nur ein Kuss

Spartakus im Orkus weilte, auf dem Lokus
ihn ein Kuss ereilte; in Syrakus ein Syndikus
mit einem Abakus zum Fiskus eilte. Derweil
ein Kokkus einen Ulkus reizte und eine
Kusine einen Kuskus speiste, ein Krokus
nicht mit Reizen geizte. Soll das hier ein
Jokus sein? Mitnichten nein! – Nur ein
schlichter Hokuspokus!

◆

Der Wortsalat hatte es in sich.

◆

Worte, nichts als Worte, stichelte der miss-
liche Buchstabe und blieb der Inschrift fern.

Spartakus: *Führer eines röm. Sklavenaufstandes*, Orkus: *altröm. Unterwelt, Totenreich*, Lokus: *Platz, Ort; Abort*, Syndikus: *Rechtsbeistand einer Körperschaft*, Abakus: *Rechentafel der Antike*, Kokkus: *Kugelbakterie*, Ulkus: *Geschwür*, Kuskus: *nordafrikanisches Gericht*, Jokus: *Spaß*

Erinnerung gibt der Vergangenheit eine
überraschende Wendung.

◆

Zum Jahresende verbleibt vom Urlaub nicht
mehr als das Laub.

◆

Dem Sommelier schmeckte der Rote genau-
so wie der Rosé und Federweiße, bis alles
im Kopf nur noch kreiste.

◆

Zum Weniger bedurfte es keines 'Mehr'.

◆

Das Komplexe gab schwer zu denken, das
Banale machte einfach Sinn.

Sommelier: *Weinkellner*

Sein Gedankenblitz entfachte einen Flächen-
brand.

◆

Welt verkehrt: Schlecht Ding will Eile haben.

◆

Dem Zweiten droht Vergessenheit.

◆

Er hielt nichts von schäbigen Klamotten –
in der Glotze aber zogen sie ihn an.

◆

Was soll das: Der Dieb nahm den *Reis aus*
dem Sack und *Reißaus* ohne denselben.

◆

In seinem Laster kam sein Laster auf Touren.

Der Zungenkuss ist das gelungene Migrations-programm für Kleinst-Lebewesen.

◆

Der Doktor schrie, bis der Arzt kam.

◆

Regenerativ: Dem Regen ist der Regen zum Regen kein Regulativ.

◆

Dem Gebrechlichen bleibt der Stolz aufs Alter.

◆

Highs waren seine Highlights, bis er auf dem Highway den Himmel sah.

regenerativ: *wiedergewinnend, erneuernd*, Regulativ: *ausgleichendes, regelndes Element*, high: *in rauschhaftem Zustand*, Highway: *Fern-straße*

Auf Wolke sieben flog er von dannen und wurde nie mehr gesehen.

Vergangenheit beginnt mit der Geburt.

Wer die Vergangenheit ignoriert, ruiniert seine Zukunft.

Wer nur an die Zukunft denkt, verliert die Bodenhaftung.

Dem World Wide Web veräußerte er all seine Daten. Jetzt fühlt er sich entleert.

Humor spaltet die Gemüter.

Egon gab seinem Ego den Laufpass.
Als kleines n irrt er nun umher.

Was dem einen Humor, erzeugt bei anderen
blanke Wut.

Ich schwör: Nicht nur den Stör stört der
Plastikmüll im Meer.

Abertausend Mal erwacht – immer noch am
leben!

Wenn du gegangen bist, werde ich vergehen.

Bildtitel: **Meat-You**

Lass leben!

◆

Hornochsen wissen vor allem Hornochsen zu schätzen.

◆

Nur Idioten bietet die Welt keine Rätsel.

Gernot in Not

Zur Notschlachtung zog Gernot die Notbremse und rief den Notruf des Notarztes. Notgedrungen traf der Nothelfer mit notorischer Notlüge bei dessen notwendiger Notdurft ein. (Seine Notdürftigkeit, notierte Gernot's Notar notabene, gäbe seiner Notlage eine notabele Note.)

Für Engstirnige endet das Universum am Tellerrand.

Mimosen geben Belanglosem einen tieferen Sinn.

Mit Schweigen machte er von sich reden.

notabene: *übrigens*, notabel: *bemerkenswert*

Kaum zu glauben: Der Nudist hatte die Hosen gestrichen voll.

◆

Der Vielfraß hatte das Fasten so was von satt!

◆

Ein Beleibter hat mehr von sich.

◆

Ein Schnösel aus Wesel machte den Bremer Stadtmusikanten klar: Ich bin der neue Esel!

◆

Beim Onanieren ist sich jeder selbst der Nächste.

◆

Die Zote dankt es mit Quote.

Der Nachbar des Nachtwächters in der
Nachtbar weilte und mit dem Neckischen
das Nacktfleisch teilte.

◆

Der Schönheits-Chirurg dokterte an ihr
herum, bis nichts mehr von ihr übrig blieb.

◆

Arm ab, Bein ab, Kopf ab – Kriege machen
vieles leichter.

◆

Die Verehrten des Veteranenheers vermehr-
ten sich vermehrt aus den Versehrten.

◆

Dem 'Hä?' ein Denk-Mal – auf dem
Rummelplatz!

Dumpfbacken aller Länder vereinigt euch!

◆

Dem Kalauer mehr Niveau!

◆

Lies dich dumm!

◆

Fanatismus verstopft Augen, Ohren und Poren.

◆

Sein Streben nach Vollkommenheit endete in vollkommener Verkommenheit.

◆

Unter den Affen ist der Mensch der Oberaffe.

Ein Blick in die gefüllte Kloschüssel
bringt auch den größten Individualisten
ins Grübeln.

Die Braunen machten ihm Angst, darum
trat er ihnen bei.

Der braune Sumpf ist der Dünger für
Untermenschen.

Dein Atem raubt mir den Atem.

Nach der Sause machte der Banause Pause
und in der Klause eine Lause.

Klause: *Klosterzelle, Einsiedelei*

Lass dir nicht!

Lass dir ...
Lass dir nicht!
Lass dir deine weiße Weste nicht.
Lass dir deine weiße Weste von einer
braunen nicht.
Lass dir deine weiße Weste von einer
braunen Kackwurst nicht bescheißen!

Die Welt muss sich ändern, appellierte der
Demagoge an alle, nur nicht an sich.

Alle Machthaber bauen auf die Dummheit
des Menschen, Diktatoren vor allem auf
die Angst.

Diktatoren der Welt vernichtet euch!

Am Schandfleck der Familie schrubbte
man seit Generationen vergebens.

◆

Mensch, erkenne das Tier in dir!

◆

Die Lehre war ihm einerlei, was blieb, das
war die Leere.

◆

Mobbing ist das Lieblingsspiel der
anonymen Versager.

◆

Man wird doch wohl noch 'notgeiler
Fotzenschreck' sagen dürfen!

Wer Klartext reden will, sollte den Schaum vom Mund nehmen.

◆

Am Stammtisch ist das Unglaubliche die Norm.

◆

Der Auftragskiller setzte auf seinen Liebestöter.

◆

Wer das Böse in sich sucht, wird es finden.

◆

Korruption ist das Krebsgeschwür der Gemeinschaft.

Liebestöter: *'lange, warme Unterhose'*

Im Fremdenverkehrsamt war der Fremden-
verkehr strikt untersagt.

◆

Sie bückte sich im falschen Moment und
wurde schwanger.

◆

Sex regiert die Welt.

◆

Frevel: Der Sündenpriester nahm der
Heiligen die Beichte ab.

◆

Das Schlachtvieh verlangte nach der Letzten
Ölung.

◆

Sein Ich hatte es ihm angetan.

Mit tierischer Mordslust pflegte der Heger das Erlegen.

Auf Profitgier fixiert, wurde der Profi zum Tier.

Als die Betagte drohte am vielen Geld zu ersticken, bot die Erbengemeinschaft rasche Erleichterung an.

Auf den Feldern des Gutsherrn gedeihte der Dünkel am besten.

Der Speichellecker war ein Gourmet.

Das Tier in uns kennt viele Namen.

◆

Dem Dummen ist Wissen zuwider.

◆

Der Pöbel grölt – Vernunft, die ölt.

◆

Proleten sind die Propheten der Unvernunft.

◆

Der Stinkefinger weist zum Himmel.

◆

’Sodele!’, sprach die Marktfrau beim Hand-
auflegen auf die Waage und gab der Wurst
mehr Gewicht.

Der Fülle fehlte es an Substanz.

◆

Seiner stattlichen Hülle fehlte die geistige Fülle.

◆

Gib deinem Leben mehr Fülle, werde Sumoringer.

◆

Allem Fleischlichen liegt die Natur zugrunde.

◆

Mangels Masse machte er sein Gemächt zum Vermächtnis.

◆

Einem Humoristen ist alles lachhaft.

Sumoringer: *japanischer Ringerkoloss*, Gemächt: *männliche Geschlechtsteile*

Das Weltbild von Dummschwätzern besteht aus Parolen.

◆

Mit 'Lügenpresse!' gibt's der Wahrheit eins auf'e Fresse.

◆

Hass ist das Bekenntnis der Argumentlosen.

◆

Kein Pöbler entbehrt seines fehlenden Verstandes.

◆

Der Spaß am Pöbeln und Randalieren ist dem Mob Motivation genug.

◆

Ich möchte ein Hornochse sein, blökte
das Schaf und wurde erhört.

◆

Welch ein Tor:
Zwischen den Pfosten stand der Voll-
pfosten auf verlorenem Posten.

◆

Den Bückling mochte er, wie die Lob-
hudelei.

◆

Alles hatte er unter Kontrolle, nur sein
Leben nicht.

◆

Dem Quartalssäufer ist jeder Monat
zu lang.

Nach staatstragendem Gekreiße gebar der
großkopferte Elefant eine Spitzmaus.

◆

Auf dem Abort ist Platz für zwei!

◆

Mit Trophäen enthaupteter Tierköpfe
behaupten sich kopflose Häupter.

◆

Als heimische Teppichvorleger erschließen
Großwildjäger dem König der Tiere neue
Reviere.

◆

Bis er über Leichen ging, stand er sich
im Wege.

Gekreiße: *Geburtswehen*, Großkopferte: *einflussreiche Persönlichkeit*

Sein Potenzial lag unterhalb der Gürtellinie.

◆

Ein Mörder war er beileibe nicht, manch eine Todsünde aber bot ihm mordsmäßig Potenzial.

◆

Originelles Gelüst: Den Massenmörder gierte nach einem Mord an seinesgleichen.

◆

Kapier doch Tapir! Du krepierst hier nur auf dem Papier.

◆

Keiner wollte als Unschuldslamm gelten, also erhielt jeder die Höchststrafe.

Tapir: *Säugetier mit kurzem Rüssel*

Rabenschwarzer Tag für den Pleonasmus:
Der weiße Schimmel war kein Pferd!

◆

Onkel Fritz, ein Bruder Leichtsinn, gab
seinem Vater, der Mutter aller Probleme,
die Schuld.

◆

Der Ferkel Hintern mag der Hinterwäldler
mögen, fern seiner Wälder ist ihm die Welt
suspekt.

Pleonasmus: *überflüssige Häufung*

Bildtitel: **Stahl-Portait**

Der Scharfschütze nahm sich ins Visier
und traf ins Schwarze.

◆

Die Abwesenheit des Lächelns offenbart
das Böse.

What a Mess! – Bei einer Messe in Messina lauerte Messalina auf den Messner mit dem Messingmesser.

◆

Wer Courage besitzt, verweigert den Wagemut.

◆

Das 'Weder-noch' bot dem 'Wenn-und-aber' entschieden Paroli.

◆

Auf seinem Rollator agierte der Imperator wie ein Triumphator.

◆

Wer heute eine Krone trägt, ist meist der Diener.

What a Mess!: *Was für ein Schlamassel!*, Messner: *Kirchendiener,* Imperator: *Oberfeldherr, Kaiser*

Stark ist der Schwache der gibt, schwach der Starke der nimmt.

◆

Ohne Moral ist jede Macht eine Ruine.

◆

Fundamentalismus ist die Zwangsjacke der Gehirnlosen.

◆

Plan B, die 08/15-Lösung, folgte dem Schema F.

◆

Links traf eine Rechte und rechts eine Linke, aber gerade eine Gerade gab dem Aufrechten den Rest.

◆

Das Gebiss des Maulhelden ruhte auf
seinem Nachttisch.

Für den Frieden brach er eine Lanze und
stieß mit der Pike zu.

Schick im Saal auf Highheels das Schicksal
ihm nahte.

Der Ketzer sprach zum Folterknecht:
'Es werde Licht!'

Ohne Substanz ist jeder Funktionär eine
Farce.

Highheels: *hochhackige Damenschuhe*, Farce: *Posse; Karikatur
eines Geschehens; Füllsel*

Dem Scheusal graute vor dem Schicksal.

Dem Bösen kein Heil!

Wer an das Einhorn glaubt, ist von beeindruckender Natur.

Beraub die Menschen der Fantasie und sie werden zu Willfährigen des Systems.

Ich halt's nicht länger aus, stöhnte der Buchstabe. Ich werde vom Schandwort missbraucht.

Der Hass war sein einziges Ass.

Ein Wort gab das nächste, bis ein dreifaches Ausrufezeichen das Ende markierte.

◆

Das Vorurteil ist die Waffe der Despoten.

◆

Wollt ihr den totalen Frieden?!

◆

Beim Krieg muss man einfach mal dabei gewesen sein.

◆

Das Einsegnen der Waffen obliegt den Scheinheiligen.

◆

Drei Kreuzzeichen für den Sieg!

Krieg ist der Vorbote des Friedens.

◆

Der Revolverheld hatte mal Bock auf ein Gewehr. So erschoss er jemanden verquer.

◆

Er hatte nicht die Bohne Ahnung, als die blaue ihn traf.

◆

Mit einem Minimum an Tinte bannte sich das maximale Grauen aufs Vollstreckungs-papier.

◆

Der Stempel machte das Todesurteil zur Formsache.

◆

Maid Adelheid schwor den Meineid, denn sie war's endlich leid. Der High-Noon wurde ihr zum Highlight!

Diktatoren geben Unmündigen eine Stimme.

Der Schiri gab sich die Pfeife und pfiff auf die Moral.

Schwache Argumente bedürfen der starken Lautsprecher.

Wer keinen Spaß versteht, hat das Zeug zum Diktator.

High-Noon: *spannungsgeladene Entscheidungs-Situation (wie im Wildwestfilm)*, Schiri: *Schiedsrichter*

Dem Kronprinz sein Königreich, der Pfeife seinen Tobak.

Das pauschale Urteil vom Schlechten im Menschen ist ein Klischee von totaler Richtigkeit.

Die Burka ist der Orkus auf Erden.

Als windelweicher Wickelakrobat kam er zur Welt, als radikaler Winkeladvokat hat er sie verlassen.

Das Vorbild des Tiefstaplers war der Hochstapler.

Orkus: *altröm. Unterwelt, Totenreich*, Winkeladvokat: *abwertend für Rechtsanwalt*

Der Genralflicker

Der Kesselflicker schlug dem General-
direktor eine Titel-Revision vor. Mit einem
Kesseldirektor und Generalflicker würde ihr
Konzern deutlich besser dastehen. – Na, so
was!

Mag Mark die Magd?

Mag sein, dass der markante Mark, ein
Markgraf aus der märkischen Mark, der
mit markigem Marker den Marketender
auf dem Markisen-Markt markiert, eher die
Margarine-Magd als die marode Mark oder
das Marketing mag. Mag sein – ja, mag
sein!

Marketender: *Händler beim Heerestross*

Helmut & Helmine

Die hellblonde Helmine wollte wie Helena
sein und am hellichten Tag in Hellas oder
am Hellespont einen hellenischen Helden
freien. Auf Helgoland sie stattdessen den
Helikopterpiloten Helmut fand. Der hatte,
wenn auch keine Hellebarde, so doch
wenigstens einen Helm zur Hand.
In Helsinki ein Hellseher mit einem Helix-
Monogramm die beiden hellhörig machte,
weil er hell das Helikon blies und einen
Heliumballon heliozentrisch ziehen ließ.
Hellsichtig gab er Helmine preis, dass ihr
Helmut zum Heloten geboren sei.

Lasst euch nicht für dumm verkaufen,
predigte der Wolf den Schafen.

Hellas: *Griechenland*, Hellespont: *antike Bez. für Dardanellen*,
Hellebarde: *Hieb- und Stoßwaffe im MA*, Helix: *spiralige Molekül-
struktur*, Helikon: *runde Basstuba*, heliozentrisch: *auf die Sonne als
Mittelpunkt bezüglich*, Helot: *griech. Staatssklave*

Wut gebiert Mut.

◆

Ehre übermannt den Verstand.

◆

Gegen jede Propaganda: Ein Kriegsfeind ist keine Sache und auch kein Ding.

◆

Kriege beginnt man allein, zum Frieden bedarf es des anderen.

◆

Am Gleichmut geht die Welt zugrunde.

◆

Nach all der investigativen Fragerei kam endlich die Antwort: "Shut up!"

investigativ: *hartnäckig nachforschend*, Shut up!: *Halt die Klappe!*

Bildtitel: **Beauty**

Sehnsucht ist der Blick der Träume.

◆

Vor uns die Sehnsucht, hinter uns die Leere.

◆

Sei glücklich, Mensch zu sein.

Die Wollust ist der Zündstoff der Evolution.

◆

Sex verhext.

◆

Der Beischlaf ist die fruchtbarste Art zu ruhen.

◆

Jedem One-Night-Stand folgt das Grauen des Morgens.

◆

Was für ein Quark mit Soße: Seine Muse, die Mimose, nannte der frustrierte Dichter Animose.

Animose: *(die)* 'Feindselige'

Manisch vom Musischen besessen, gierte
es den Muselman nach seiner Pampel-Muse
zum Essen.

Barbara in bar

In Barbados an der Barriere einer Bar saß
die barocke Barbara ganz bar. Den Bahrainer
Barkeeper Rainer beglich sie so bar sie war
in bar. War das wahr, fragte der Bart tragende
Baron aus der Nachbarschaft seinen barettier-
ten Barbier und Bariton (der stets mehr sagte
als er wusste). Da meinte der Barde bar jeder
Vernunft: 'War' ja, aber 'wahr' eher nicht.
– Nein, was für ein bardischer Barbar!

Der rheinischen Loreley ist der Kokolores
einerlei.

Muselman: *Moslem*, Barkeeper: *Inhaber oder Schankkellner einer Bar*,
barettiert: *mit flacher, randloser Kopfbedeckung*, Barbier: *Herrenfriseur*,
Bariton: *Männerstimme zwischen Bass und Tenor*, Barde: *Sänger und
Dichter*, bramabasieren: *aufschneiden, prahlen*, Loreley: *Rheinnixe der
dt. Sage*, Kokolores: *Umstände; Unsinn*

Ihre attraktive Erscheinung war eine Farce.

◆

Der Schönheit opferte sie ihr Herz.

◆

Wer die Sonne im Herzen trägt, braucht die Kälte nicht fürchten.

◆

Keine war wie K.I. – Hals über Kopf verliebte er sich in sie.

◆

Das wahre Glück kann nur das Herz erkennen.

◆

Musik baut Brücken.

Farce: *Posse; Karikatur eines Geschehens; Füllsel,* KI: *Künstliche Intelligenz*

Carsten & Carmen

Carsten an einem Karfreitag am Carport in seiner karambolierten Karosse Carmen, eine Karaoke-Queen, mit einem karmesinroten Karfunkel von charaktervollem Karat empfing. Als ein charismatischer Cartoonist hatte er sie neben Karina und Karola beim Karneval auf einem Karussell karikiert. Trotz kargem Karma, kartete er auf, habe er mit kartonierten Karikaturen karriert.

Er sei ein Karpfen-, Karotten- und Kartoffel-Fan und kein klein karierter Karnivore vom 'Fleisch-Kartell'. Und mit ihr als Kargo in seiner schmucken Karre wolle er mit Karacho das Karakorum, die Karpaten und die Karibik sehen. Für eine kartierte Fahrt habe ihn der Kardiologe mit einer Carte blanche versehen. Sein 'Karzinom' sei nichts als ein Karbunkel, aber die Karies wäre auch nicht schön.

Im Übrigen kenne er einen Kardinal Carlos bei der Caritas, der in einer Kartause von Karabinieri bewacht, im Karzer bei Karaffen-

Wasser und Karkassen-Brot hauste. Der Kardinal konterkariere jeden Karnickelverkehr und empfehle einen Karawanenritt und Karamell, bei viel Karenz auch die Karezza und sich mit carpe diem!

◆

Achtung – Schniedelwutz!

◆

Ihrem Seelenklempner, einem notgeilen Biedermann, vertraute die Wohlstandshure ihre Dessous und Strapse an. – Noch Fragen?

Carport: *überdachter Abstellplatz für Autos*, karambolieren: *zusammenstoßen*, Karaoke-Queen: *laienhafte Textgesangs-Königin zu Instrumentalmusik*, Karfunkel: *feurig-roter Edelstein*, Karat: *Gewichtseinheit von Edelsteinen*, Karma: *das den Menschen bestimmende Schicksal*, karrieren: *Karriere machen*, Karnivore: *Fleischfresser*, Kargo: *Ladung (eines Schiffes)*, Carte blanche: *unbeschränkte Vollmacht*, Karbunkel: *Häufung von Furunkel*, Kartause: *Kloster des Einsiedlerordens*, Karabinieri: *it. Polizist*, Karzer: *Arrest-Zelle*, Karkasse: *Rumpf (von Geflügel)*, konterkarieren: *hintertreiben*, Karenz: *Enthaltsamkeit*, Karezza: *Koitus bei absichtlicher Samengussverhaltung*, carpe diem: *nutze, genieße den Tag*

Vorsicht vor Sex beim Verkehr!

◆

Überraschung: Ein für alle Mal verbat sich die Frischvermählte das Rumgefummel an ihrem Körper.

◆

Zum Blind Date kam der Freier mit Augenbinde.

◆

Gerade in der Horizontalen machte sie die krummsten Sachen.

◆

Der Typ, der sich in mich verknallt, kann sich auf was gefasst machen!

Blind Date: *Rendezvous mit einer/einem Unbekannten*

Kunigunde's Kunibert

Von Kunigunde ging die Kunde, sie mache kunterbunte Kunst, aber nicht wie Hinz und Kunz. Kundig auch im Kung-Fu, stand der Cunnilingus nur ihrem Kunibert zu.

◆

Es begab sich zu der Zeit, als Eile noch Weile hatte.

◆

Kurfuscherschatten

Tausendsassa Dr. Jennerwein, vom Tellerwäscher zum Kurfuscher avanciert, fand in Frau Siebenschläfer sein Kurschatten-Ideal, denn als eine Springinsfeld besaß sie Waldeslust-Potenzial. – Ente gut, alles gut.

Kung-Fu: *Selbstverteidigungs-Methode*, Cunnilingus: *Stimulierung des weibl. Geschlechtsorgans mit der Zunge*, avancieren: *aufsteigen, befördert werden*

Neue sind besser als die alten, meinte die
Neue zu ihrem Alten.

◆

Die Bewohner vom Ende der Welt nannten
es den Anfang.

◆

Nick & Nicole

Nick's Pikass so picobello aufgetrumpft, stach
selbst den Picasso neben dem Ficus aus.
Nicole, die Nicki-Schickse aus der Schickeria
mit dem Anglistik-Tick, hickste und kickste.
Pikkolo und Nikotin gaben die Kicks. Wie
Piksieben saß dat Nicolle da und zickte.
– Nick, der Pickelierte, hatte sie am Wickel,
die Pikierte!

Nicole's Clique pries eh den Chic von Chicago.
Doch Nick 'the Dick' vertickte ihr ein 'Ticket'
zu einem Picknick ins Dickicht der Botanik.
Keine Panik, das sei keine Schikane. Alles in

Aspik!', gickelte Nick. Chicorée äßen sie mit der Pike und Schaschlik am Splick. Durch den Schlick ging's ja nicht mit der Rikscha, sondern mit dem quicken Pick-up nickte Nick auf Nicole's Kritik. Und pieksende Zikaden gäb's auch in Nicaragua und stickige Karnickel kriegten eins ins Genick. Jedes Diktat läge ihm als Pragmatiker fern, denn Konflikte löse er mit Polemik. Wie auch sein Niblick kein Gimmick, sondern eine Taktik zur nickligen Ballistik sei.

Nach einem Blick auf die pikante Optik seiner 'Ricke' stoppte Nick seinen Zickzackkurs. Mit einem Nickerchen am Hickory wäre das Schicksal gekickt, bei Hektik und Touristik es knicke, so sein Verdikt. Gespickte Belletristik böte darauf eine signifikante Replik. Zur Not, verklickerte Nick, tät's auch ein Quicki. – Clicke-di-click und sic!

Ficus: *ein Zierbaum*, Anglistik-Tick: *sprachwissenschaftliche Englisch-Schrulle*, Dick: *(engl. vulgär) Schwanz*, Pick-up: *kleiner Lieferwagen*, Zikade: *grillenähnliches Insekt*, Niblick: *Golfschläger mit Eisenkopf*, Gimmick: *etwas Ungewöhnliches zur Aufmerksamkeitserregung*, Hickory: *Wallnussbaum*, Verdikt: *Urteil(sspruch)*, Replik: *Gegenrede, Erwiderung*, sic!: *wirklich so!*

Sechs Hexen mit Sexappeal

Am Hexensabbat sechs Hexen beim Hexentanz auf ihren Hexenbesen perplexten. Sächselnd sie über Sex und Fexe die Hexameter drechselten. Derweil ein feuriger Echsen-Sekt die Sekte besexte. Über ein bekleckstes Hexagramm das Hexaeder wetzte. Und inmitten komplexer Gewächse es noch eine Häckseljagd im Hexenwahn setzte. In hektischem Wechsel hektographierten die Pressetexter ihre verkappten Heckmeck-Texte, als ein Hexenschuss der Hexenmeisterin den Hexenkessel relaxte.

Paul & Baula

Bauchredner Paul, ein pausbäckiger Pausen-Clown, schlug die Pauke an seiner Bauchbinde im Bausch pauschal. Dazu rollte Bauchtänzerin Baula, obgleich das Bauchweh plagte,

Fex: *jemand, der in etwas vernarrt ist*, Hexameter: *sechsfüßiger Vers*, Hexagramm: *Sechsflächner, Würfel*, Hexaeder: *Sechsstern*, hektographieren: *vervielfältigen*

bauchnabelfrei ihre Bauchdecke phänomenal.
Während Paul's Pauke an einem Baum pausierte, die beiden an einem Baudenkmal saßen
und ein Pausenbrot aßen. Zur Baugrube eines
Bauernhofs zog es sie weiter. Dort boten sie
sich dem Bauern als Baumeister im Bauhausstil an. 'Ein echtes Bauernfängerpaar!', der
Bauherr Bauklötze staunte. Und pauschalierend 'Ja bauz, dann baut's!' lautierte.

Seichtes vergnügt mit Beschränkung, beim
Begnügen droht Versenkung.

Bildtitel: **Exoplant**

◆

Ein Lächeln verzaubert die Welt, ein falsches vergiftet.

Wer wie ein Kind im Alter lachen kann,
ist entweder senil oder weise.

◆

Die Sonne im Herzen wärmt die Umwelt.

◆

Eine Hymne auf die Sympathie!

◆

Treffen sich ein ostfriesischer Landpfarrer,
eine thailändische Masseuse und ein nord-
amerikanischer Milliardärssohn in einer
geschlossenen Anstalt ... und harren der
Pointe.

◆

Für eine Langzeitbeziehung war ihnen das
Leben zu kurz.

Gewidmet alles dem einen oder anderen.

◆

Und ich sag noch: Hab ich schon gesagt
'Und ich sag noch'?

◆

Gib deinem Schicksal eine Chance!

◆

Zum Glück gibt's den Zufall.

◆

Als endlich das Glück erschien, fehlte
gerade die Zeit.

◆

Glück ist ein scheues Reh.

Auf dem Holzweg trafen wir auf das Glück.

Im Jammertal lag die Hoffnung.

Die Groupies schrieen sich die Seele aus dem Leib für einen wie sie.

Nur ein Kind muss sich Zuneigung nicht verdienen.

Kinder sind ein Segen. Nach den zweiten Drillingen hing der des Hauses schief.

Groupie: *weiblicher Fan*

Wer Kinder manipuliert, braucht sich über die Verlogenheit der Welt nicht zu wundern.

◆

Wer andere wertschätzt wie sich selbst, kann nur ein Außerirdischer sein.

◆

In der Gier verliert jede Seele ihre Anmut.

◆

Ein Lächeln bringt Fassaden ins Wanken.

◆

Komplimente sind Worte fürs Herz.

◆

Liebe braucht keinen Antrieb.

Triebe erzeugen die Melodie des Lebens.

◆

Premiere: Für den Schniedelwutz gab's Ringelpiez mit Anfassen.

◆

Mysteriös: Sein Steckenpferd ist sein Steckenpferd.

◆

Mumpitz-Mumm

Zum Mummenschanz trat ein proprer Mümmelmann als Mumie an. Trotz Mumps erstieg der Mummelgreis die proppenvolle Schanze. Doch wegen seines Mumms wurde er zum Wonneproppen auf der Mumpitz-Bahn.

◆

Nicht lachen – machen!

Beim Luftkuss war der Luftikuss in seinem Element.

In der Kunst ist es die größte Kunst, berühmt zu werden.

Wer Künstler ist, bestimmt der Mäzen.

Denk mal: Der Kopffüßer hatte eine Kopfgeburt!

Mit jeder Geburt entsteht Geschichte neu.

Mann, ist das alles glaublich!

◆

Der Nonsens – außer Rand und Wand
– verbreitete Angst und Schnecken.

◆

Die Milbe hieß Hilde, doch das wusste nur
sie.

◆

Mauerblümchen bauen ihre Zukunft auf den
Kindersegen.

◆

Wer jetzt mal Müssen muss, muss jetzt mal
warten.

◆

Strippenzieher Mario war nichts als eine Marionette.

◆

Nie wieder nie wieder ist immer.

◆

Vorsicht – frisch verliebt!

◆

Schönheit bedarf keiner Legitimation.

◆

Im dunklen Tann verbittert die Schliruln weilten, weil ihnen die e's in der Nacht enteilten.

◆

Humor entgiftet die Seele.

Gernot & Gerlinde

Gerlinde in Gera für Geranien und Gerbera
gerne in die Gärten ging. Geriater Gernot,
ein geriebener Gernegroß mit Gerstenkorn,
mehr am Gerassel von gertenschlanken
Gerippen hing. Wegen eines Gerangels um
geräuschvolles Geräte-Geratter wären sie mit
Gert und Gerda gerade vor Gericht geraten,
so das Gerücht. – Nur ein gerissenes Gerede,
welches den Geruch gärenden Gerümpels,
sowie das gerostete Gerüst und geräumige
Geröll verkannte. Gereizt gereichte alles
Geraune und Geraufe nur zu geringschätzig
geröcheltem Gereime. Keiner geruhte, sich
gerecht zu gerieren, das hatten alle gerührt
gerafft. Nur ein gerüttelt Maß an Germanen-
ehre und die Sache wäre geregelt – oder
salopp gereimt 'geritzt'.

◆

Geriater: *Arzt der Altersheilkunde*

Dass das die, die das angeht erfahren, wollten die, die das wussten, sorgen.

◆

Dass der die über war, bewies, dass der die verließ.

◆

Dass das wahr war, war klar, weil der, der das sah, die, die er kannte, erkannte.

◆

In der Tat: Die, die dabei waren, wissen, dass das der, der die Tat tat, in der Tat tat.

◆

Seiner Habsucht stellte er Neid und Zwietracht entgegen.

◆

Er dachte mehr als er dachte.

Doppelt gemoppelt

Zu seinem Bedauern wäre leider zu beklagen, sagte der sich äußernde Tautologe, dass die Redundanz häufig zu einer der oftmals vielfältigen Sprachverunglimpfungen gehöre. Und das zumeist auch vielfach unbewusst.

Warum so eilig? Angst vor dem Nichts? Meditier noch eine Weile in dieser scheinbar nichtigen Zeile. Das Nichts gehört nun dir …

Tautologie: *doppelte Wiedergabe eines Sachverhalts*, Redundanz: *Überfluss*

Der verlorene Sohn
Gedichtauszug aus 'Evol', einer High SiFi-Fantasy-Saga um den
Sklavensohn Evol und seinen Freund, den Waisen Wan-Sin. (Das
Gedicht hat der androide Roboter Robert 4U für Evol in einer aus-
sichtslos erscheinenden Situation zu dessen Leidwesen kreiert.)

◆

Der verlorene Sohn

Düster Wälder in verheißungsvoller Ferne
wogen, Gewitterluft streift durch das Land.
Nebellicht bedeckt die güld'nen Auen, natur-
gebannt, ergeben der Verstand.

Sinnentrückt, die zarten Blütendüfte atmend,
schwebt die Seele hoch zu Flur und Feld;
lässt der Eltern Wurzeln ahnen, dem Edelmut
gehört die Welt.

Unzählig, funkelnd die Gedanken, Raum und
Zeit kennt keine Grenzen mehr. Stolzer, glück-
trunkener Wanderer, dir gehört Elysium, dir
gehört das weite Meer.

Blutentleert die inneren Banden, als des
Schicksals Schwere schlägt. Gott, lass letzt-
endliche Gedanken, lass die Erinnerung, die
uns bewegt.

Einsam das Hoffen auf die Seinen, die Stunde
naht, der Sternen Glanz vergeht. Verlor'n die
ewigen Schwüre, still und bescheiden wartend,
der Tod am Abgrund steht.

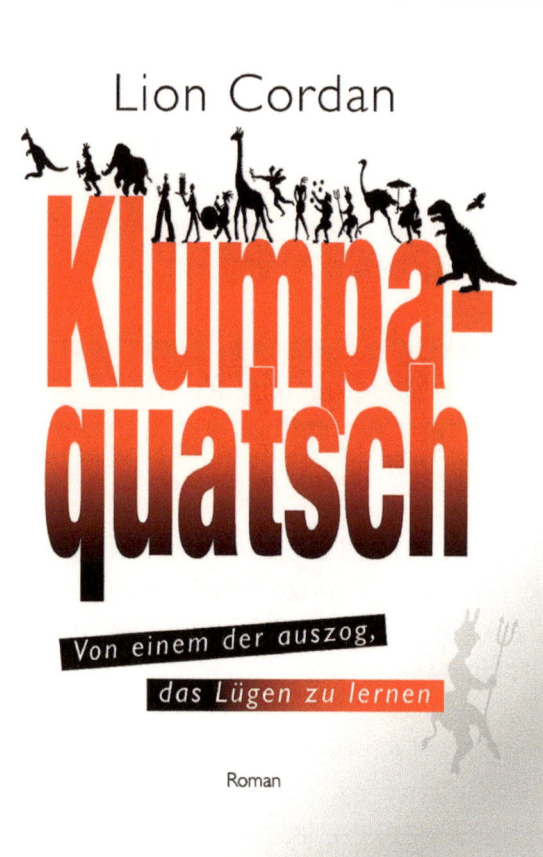

Veräppeli
*Gedichtauszug aus 'Klumpaquatsch', einem Episodenroman
mit autobiografischen Zügen und teils unglaublichen Geschichten
(u.a. über Todessituationen und 'Wunder').*

Veräppeli

Staat ruht das Bäumerl prall rosaroter Äppeli
am Wald-und-Wiesli Grund. Dem Förster Rüttli
ist es lieb und eigen, genau wie Waldi, seinem
Hund.

In aller Herrgottsfrüh muss der mit ihm da Gassi
geh'n, auch wenn's dort keine gibt. Dem Waldi
dem ist's piepegal, der find' sein Eckerl überall.

Das schniedelwutze Schwänzli ist Waldi's ganzer
Stolz. Damit sprenkelt er sein Wiesli, grad wie's
ihm gefällt. Doch ist kein Glück von Dauer, trotz
schnuckeligstem Endungs'-li'.

Eines Tags, ein knochenhartes Äppeli knallt
hundsgemein hernieder. Trifft just die Stirn und
arg das Schläfeli. Bis alles zappenduster wird,
die Sternli prächtig funkeln.

Ob mause- oder hundetot, das ist dem Waldi
wurscht. Tot ist man schlicht auf ewig. Förster
Rüttli gar ein Tränerl wischt, als der sein Kreutzli
auf dem Grab errricht'.

In Eichenholz mit Könnerschaft geschnitten,
steht da in feuchtem Rot: Der Waldi war ein rech-
ter Wald-und-Wiesli Hund. Jetzt weilt er hier in
tiefem Erdengrund.

Maulhelden gibt's weit und breit, aber wer will schon einer sein.
(Ein Schnappschuss beim Foto-Shooting.)

Zum Autor

Als ein in Düsseldorf gebürtiger und studierter Kommunikations-Designer bin ich unter dem Pseudonym Lion Cordan schriftstellerisch tätig. Nach '*Evol*', einer High SF/Fantasy-Saga um den Sklavensohn Evol und seinen Freund Wan-Sin, in welcher der Auseinandersetzung mit einer Künstlichen Intelligenz eine besondere Bedeutung zukommt, habe ich mit '*Klumpaquatsch*' einen autobiografischen Episodenroman über meine zum Teil schier unglaublichen u.a. von 'Wundern' und Todessituationen handelnden Geschichten verfasst.

Neben dem vorliegenden Sprüche-Brevier '*Ein-Spruch!*' ist unter dem Titel '*Mo...Moritz*' außerdem ein ungewöhnlicher Jugendroman erschienen, der gerade auch jung gebliebene Erwachsene ansprechen kann.

Über die professionelle Kunst und Malerei hinaus zählen Lesen, Sport und Musik zu meinen Hobbies.

Lion Cordan

E-Mail: *lion-cordan@outlook.de*

Autor und Künstler auf Facebook unter:
Lion Cordan

www.evol-gottesschatten

© 2019 Cordan, Lion
Herstellung und Verlag: BoD – Books on Demand,
Norderstedt
ISBN: 9783749406784